現代短歌版百人一首

花々は色あせるのね

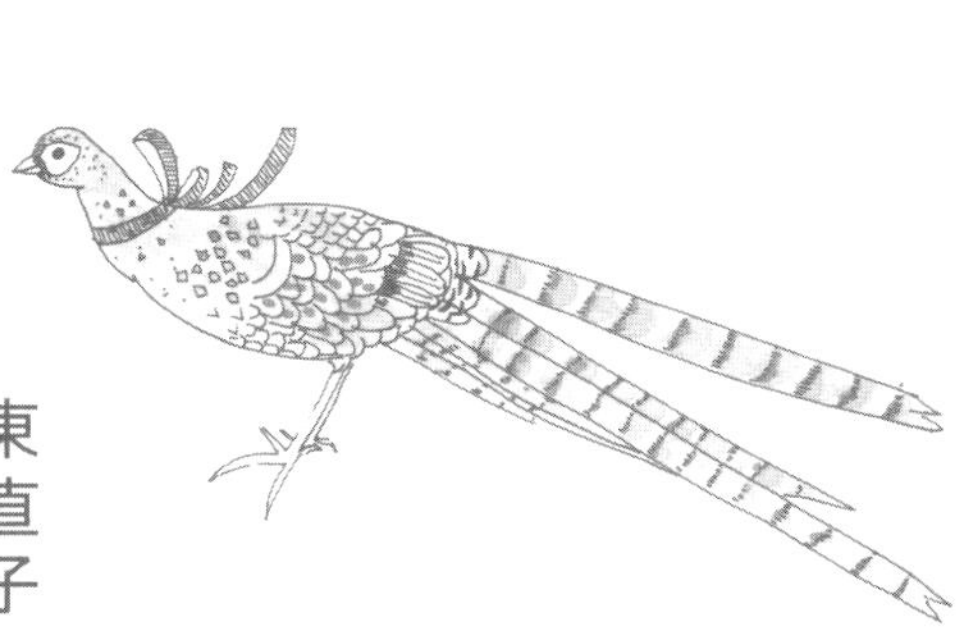

東直子

カバー・イラスト　東　直子
ブックデザイン　東　かほり
編集協力　入谷いずみ

雑誌『通販生活』2022冬号掲載「歌人・東直子が詠み直す　現代歌訳　小倉百人一首」を、
一部加筆、修正をいたしました。

目次

・本文中の年齢表記はすべて数え年によるものです。

1

秋の田の稲刈り小屋はさびしくて私の袖もこんなに濡れて

天智天皇《てんじてんのう》

秋の田のかりほの庵《いほ》の苫《とま》をあらみ
わが衣手は露に濡れつつ

「かりほ」は田を見守るための「仮庵」。「苫」は、小屋の素材に使った、すげや茅萱《ちがや》などの草のこと。そうした草で荒く編まれた粗末な小屋なので、屋根や壁の隙間から漏れる夜露に袖が濡れたのだ。「かりほ」に一夜を過ごして農民の労苦を体感し、労《いたわ》る気持ちが込められている。

天智天皇

626～671　後撰集
即位前の名は中大兄皇子。中臣鎌足と共に蘇我氏を倒し大化の改新を行った。弟は大海人皇子（天武天皇）。

2

春は去り夏到来ね純白の衣を干すよ天の香具山

持統天皇《じとうてんのう》

春過ぎて夏来《き》にけらし白妙《しろたへ》の
衣《ころも》干《ほ》すてふ天《あま》の香具山《かぐやま》

初夏、山に吹く気持ちのよい風に、白い布がはためきながら乾いていく様子が見えて、とても気持ちがよい歌である。作者の持統天皇は、天智天皇の娘。高貴な人が詠む「白妙の衣」はただの洗濯物ではなく、神聖な意味を帯びる。「天の香具山」は、奈良県橿原《かしはら》市にある大和三山の一つ。

持統天皇

645 ～ 702　新古今集
１番天智天皇の娘。父の弟である天武天皇（大海人皇子）の皇后。息子の草壁皇子没後、即位した。

3

山鳥のやたらと長い尾のように長い夜だな一人で寝るのか

柿本人麿《かきのもとのひとまろ》

あしびきの山鳥《やまどり》の尾《を》のしだり尾《を》の
ながながし夜《よ》をひとりかも寝《ね》む

「あしびきの」は「山」にかかる枕詞。「あしびきの山鳥の尾のしだり尾の」が、「ながながし」を呼びだす序詞である。一人で寂しく過ごす夜の体感的な時間の長さを山鳥（キジの一種）で表現するとは、とても斬新である。「〜の」を繰り返す韻律が、ゆったりと流れる時間に音楽的な味わいを与えている。

柿本人麿

生没年未詳　拾遺集
三十六歌仙の一人。2番持統天皇に仕えた『万葉集』を代表する歌人で、後に神格化された。

4

田子の浦の海に来ましたまっ白な富士山頂にしんしんと雪

山辺赤人《やまべのあかひと》

田子《たご》の浦にうち出《い》でてみれば白妙《しろたへ》の
富士の高嶺《たかね》に雪は降りつつ

田子の浦は、現在の静岡市清水区あたり。雪化粧した富士山にさらに雪が降っているという、白に白を重ねた山と、青い海とのコントラストによる冬景色が雄大で美しい。旅をしてようやくたどり着いて眺めた富士山の神々しさに素直に心打たれていることが伝わる。

山辺赤人

生没年未詳　新古今集三十六歌仙の一人。奈良時代の宮廷歌人。3番柿本人麿と共に「歌聖」と称される。

5

山奥に紅葉を踏んで鳴く鹿の声が聞こえる　秋は悲しい

猿丸大夫《さるまるだゆう》

奥山に紅葉《もみぢ》踏み分け鳴く鹿の
声聞く時ぞ秋は悲しき

この時代の人は、鹿の鳴き声を、雌鹿を求める雄鹿の哀切な声として捉え、寂しさや哀しみをかきたてるものとして表現に取り入れている。鹿の寂しさと自分の寂しさを呼応させ、秋という季節感と密接に結びつけた。ひときわ静かな秋の山で、寂しさを鹿や紅葉と共有し、しみじみ感じ入ることができる。

猿丸大夫

生没年未詳　古今集
三十六歌仙の一人。ほとんど伝説上の人物で、確実な作品は一首もなく『古今集』では詠み人しらずとされている。

6

カササギのかけた天の川の橋霜の白さに夜は深まる

中納言家持《ちゅうなごんやかもち》

鵲《かささぎ》の渡せる橋に置く霜の
白きを見れば夜《よ》ぞ更《ふ》けにける

鵲はカラス科の鳥。七夕の牽牛と織女のために橋を渡したという伝説があり、この歌では、それをふまえて真冬の風景を詠んでいる。一方で、宮中を天上界になぞらえることもあったことから、宮中の御階《みはし》と捉える説もある。作者は『万葉集』の有力な撰者とされる大伴家持。

中納言家持

718頃〜785　新古今集
三十六歌仙の一人。大伴旅人の子。万葉後期の代表的歌人だが、政治的には不遇だった。

7

大空をふりあおいだらああ春日、三笠の山に出ていた月が

安倍仲麿《あべのなかまろ》

天《あま》の原《はら》ふりさけ見れば春日《かすが》なる
三笠《みかさ》の山に出でし月かも

作者の安倍仲麿は、遣唐留学生として唐に渡り、玄宗皇帝に長年仕えた後、船の難破で帰国できず、日本に戻ることなく生涯をそこで終えた。おおらかな韻律の、のびやかな情景が印象的な歌だが、切実な望郷の念が込められてもいる。

安倍仲麿

698 ～ 770　古今集
遣唐使として留学。玄宗皇帝に仕え、李白・王維らとも親交し在唐50余年、長安で没した。

8

マイホームは都心の東南いい感じ憂鬱山と人は言うけど

喜撰法師《きせんほうし》

わが庵《いほ》は都《みやこ》のたつみしかぞ住む
世をうぢ山と人はいふなり

「たつみ」は、東南の方角のこと。「しか」は「このように」という意味。鹿と掛けているという説もある。「うぢ山」は、都（京都）の東南に位置する宇治山のこと。「宇治」の音から「憂し」の意味を引きだし、諧謔的に表現したのだ。ウィットに富んだ歌を詠んだ喜撰法師は仙人だったともいわれ、その生涯は謎である。

喜撰法師

生没年未詳　古今集
六歌仙の一人。本名も経歴も一切不明。残っている作品もこの１首のみ。

9

花々は色あせるのね長い雨ながめて時は過ぎゆくばかり

小野小町《おののこまち》

花の色はうつりにけりないたづらに
我が身世にふるながめせしまに

絶世の美女と称された小野小町が、花がしだいに変化していくことと、経年によって自分自身の容色が衰えていくことを重ねた。「ながめ」は、「長雨」と「眺め」の二つの意味を重ねた掛詞となっている。老いをテーマに、歳月の残酷さを冷静に客観視し、技巧的でありながらやわらかな韻律の歌に仕上げ、確かな才を感じる一首である。

小野小町

生没年未詳　古今集
六歌仙、三十六歌仙の一人で平安時代前期を代表する女流歌人。後世、多くの「小町伝説」が生まれた。

10

これなのか旅立つ人も帰る人も別れてはまた逢坂《あうさか》の関

蟬丸《せみまる》

これやこの行《ゆ》くも帰るも別れては
知るも知らぬも逢坂《あふさか》の関

「逢坂の関」は、京都と滋賀の境にある関所。京への出入りの時にたくさんの人が行き交ったのだろう。地名から「逢う」というテーマを導き出し、掛詞として展開した一首は、哲学的でもある。初句「これやこの」で調子よく始まり、リフレインを多用したリズミカルな韻律が印象的である。

蟬丸

生没年未詳　後撰集
経歴不明。盲目で琵琶の名手とされる伝説的人物。後世、謡曲や近松門左衛門の浄瑠璃にもなっている。

11

海原のかぞえきれない島々へ漕ぎ出した、そう伝えよ釣舟

参議篁《さんぎたかむら》

わたの原八十島《やそしま》かけて漕ぎ出でぬと
人には告げよ海人《あま》の釣舟

大冒険の旅に出るようなおおらかな出だしだが、最後は漁師の小さな釣舟に話しかけている。実は、作者の小野篁が嵯峨上皇の命により隠岐に流されていく時に詠んだ歌なのである。釣舟に語りかけても決して伝わらないということが分かった上で語りかけているのだ。哀切さが滲《にじ》む。

参議篁

802～852 古今集
遣唐副使に任命されたが、渡航を拒否し隠岐に流される。のちに呼び戻され参議になった。

12

空の風よ雲の中の通り道ふさいで乙女の姿とどめよ

僧正遍昭《そうじょうへんじょう》

天《あま》つ風雲の通《かよ》ひ路《ち》吹きとぢよ
乙女の姿しばしとどめむ

宮中での五節《ごせち》の舞いを舞う少女たちを天女に見立てて詠んだ、茶目っ気たっぷりな華麗な一首である。五節の舞姫は、新嘗祭《しんじょうさい》又は大嘗祭《だいじょうさい》の後の豊明節会《とよあかりのせちえ》で舞いを舞う少女たちのこと。自分の好きなアイドルが歌い踊る姿をもっと見ていたいといった、現在にも通じる心境が描かれている。

僧正遍昭

816 ～ 890　古今集
遍照とも。六歌仙、三十六歌仙の一人。桓武天皇の孫。仁明天皇の忠臣で天皇崩後 35 歳で出家した。

13

筑波山の峰から落ちる男女川《みなのがわ》つもりつもって恋の淵です

陽成院《ようぜいいん》

筑波嶺《つくばね》の峰より落つるみなの川
恋ぞつもりて淵《ふち》となりぬる

「筑波嶺」から「みなの川」までが序詞にあたり、「淵となりぬる」を引きだしている。山の峰からの細い水脈からだんだん太い川になっていく様子を、恋心の盛り上がりの比喩として用いているのである。水がたまりにたまって淵になってしまったのだという比喩、心がとらわれてしまった感じがよく出ている。

陽成院

868 〜 949　後撰集
９歳で即位した第 57 代天皇。清和天皇の皇子。母は在原業平の恋人とされる藤原高子。

14

東北の信夫《しのぶ》捩《も》じ摺《ず》り乱れるのは僕のせいではないよ　あなただ

河原左大臣《かわらのさだいじん》

陸奥《みちのく》のしのぶもぢずり誰《たれ》ゆゑに
乱れそめにし我ならなくに

「陸奥《みちのく》のしのぶもぢずり」は東北地方の名産で、乱れ模様に摺り染めたもの。その乱れ模様の着物の柄と、恋するがゆえに乱れる心を重ね合わせている。作者は、嵯峨天皇の皇子で、光源氏のモデルの一人と言われている源融《みなもとのとおる》。東北の特産品を歌に詠みこみ、異彩を放っている。

河原左大臣

822 ～ 955　古今集
六条河原の院に住み、風流な生活を送ったことから、河原左大臣と呼ばれる。謡曲にも。

15

君のため春の野原に若菜つむ私の袖に雪ふりかかる

光孝天皇《こうこうてんのう》

君がため春の野に出《い》でて若菜摘む
わが衣手に雪は降りつつ

雪と若草。冬から春にかけての季節の風物が叙情的に描かれている。親王時代の光孝天皇が知人に若菜（セリやナズナなど早春の野に生える若草）を送るときに添えた歌である。早春の野に芽生えたばかりの柔らかい若菜を食べると、邪気を払い、病気予防になると考えられていた。深い思いやりが宿る。

光孝天皇

830 ～ 887　古今集
第 58 代天皇。仁明天皇の第三皇子。陽成院のあとに 55 歳で即位した。『古今集』に 2 首。

16

お別れだけど　因幡《いなば》の山の松、待つと聞いたらすぐに帰ってくるよ

中納言行平《ちゅうなごんゆきひら》

立ち別れいなばの山の峰に生《お》ふる
まつとし聞かば今帰り来《こ》む

「因幡」と「往《い》なば」、「松」と「待つ」が掛詞となっている。因幡山は因幡国（鳥取県）にある稲羽山を指す。在原行平は、そこで国守《くにのかみ》になるために旅立った。その旅立ちに際して見送りに来てくれた人に贈った歌である。遠い因幡の国の風景と、いつか帰ってくるであろう未来の時間が含まれ、特有の奥行きがある。

中納言行平

818 ～ 893　古今集
平城天皇の皇子、阿保親王の息子で 17 番の在原業平の兄。『源氏物語』須磨の巻にも引用される「流浪の貴公子」。

17

神々の時代も聞かない竜田川こんなに赤く赤く染まって

在原業平朝臣《ありわらのなりひらあそん》

ちはやぶる神代《かみよ》も聞かず竜田川《たつたがは》
からくれなゐに水くくるとは

「くくる」は絞り染めのこと。作者の在原業平は『伊勢物語』の主人公の「昔男」とされる人物。才能にたけたプレイボーイである。そう思って読むと、この歌の華やかさは納得もいくし、官能性も帯びてくる。たいへん華麗な歌だが、紅葉が流れる屏風の絵を見ながら作ったことが詞書に記されている。

在原業平朝臣

825 ～ 880　古今集
六歌仙、三十六歌仙の一人。阿保親王の息子で16番中納言行平の弟。『源氏物語』のモデルの一人。

18

住の江の岸に寄る波夜の夢なぜこの道を来てくれないの？

藤原敏行朝臣《ふじわらのとしゆきあそん》

住の江の岸に寄る波よるさへや
夢の通ひ路《ち》人目よくらむ

「住の江」は、摂津国（大阪府）の住吉大社近くの海岸のことである。

作者は男性だが、女性になりかわって待つ身の切なさを詠んでいる。

「よる」の音に込められた「寄る」と「夜」の二つの意味が静かに切なく広がる。当時は、夢の中でのできごとも、現実の恋心と深く結びついていると本気で信じられていた。

藤原敏行朝臣

生年未詳〜907頃　古今集三十六歌仙の一人。書の名手とされる。「秋きぬと目にはさやかに見えねども風の音にぞ驚かれぬる」の歌も有名。

19

難波潟の短い蘆の節のようなひとときさえも会わずに過ごせと？

伊勢《いせ》

難波潟《なにはがた》短き蘆《あし》の節《ふし》の間《ま》も
逢はでこの世を過ぐしてよとや

難波潟(大阪湾の一部)にたくさん生えている蘆のその節の短さを時間を示す物に変換するという観念的な発想だが、相手に強く迫っているような下の句は迫力がある。蘆が群生する難波潟の荒涼とした風景が歌の主人公の心に重なる。蘆の生える水辺の風景と生き物の気配も感じられる。

伊勢

872～938頃 新古今集
三十六歌仙の一人。平安前期に活躍した女流歌人。中宮温子に仕えた女房で宇多天皇の皇子を生む。

20

つらいつらい難波の澪標《みおつくし》のように身がほろんでもかまわぬ　逢いたい

元良親王《もとよししんのう》

わびぬれば今はた同じ難波《なには》なる
みをつくしても逢はむとぞ思ふ

「わびぬれば」は、すでにそうなっている状態を示し、この恋でずっと辛い目にあっていることを示唆している。又「澪標」は、船に水脈を知らせるために立てた標識のこと。波に打たれるその様子と、「身を尽くし」（破滅する）という別の意味を掛詞として重ね、逢瀬のためなら命もかえりみない、激しい恋情を伝えている。

元良親王

890 ～ 943 後撰集
13 番陽成院の第一皇子。
この歌は宇多天皇妃京
極御息所との恋愛が露
見した時の歌。好色の
美男子といわれる。

21

今行くと言われてずっと待っていた九月有明の月を見ている

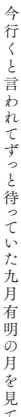

素性法師《そせいほうし》

今来《こ》むと言ひしばかりに長月《ながつき》の
有明の月を待ち出《い》でつるかな

古典和歌の世界では、待つのは常に女性と決まっているので、素性法師が女性になりかわって詠んだ歌である。ドキドキして待っていたのに、とうとう夜が明けてきた。呆然としたまま見た有明の月（夜が明けた後も残っている月）が切なく美しい。

素性法師

生没年未詳　古今集
三十六歌仙の一人。11番僧正遍昭の子。出家後、宇多天皇に歌人として重用された。

22

吹くとすぐに秋の草木がしおれるので山風なるほど嵐なのだな

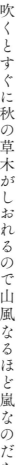

文屋康秀《ふんやのやすひで》

吹くからに秋の草木のしほるれば
むべ山風をあらしといふらむ

「嵐」という漢字を「山」と「風」に分解してその成り立ちを考察した、機知に富んだ一首。中国六朝《りくちょう》時代に流行した離合詩《りごうし》の影響を受けた文字遊びを応用している。自然現象と人間の文化の接点に着目した。
「むべ」は、いかにも、なるほど、といった意味。

文屋康秀

生没年未詳　古今集
六歌仙の一人。37番朝康の父。平安初期の歌人で三河国赴任に小野小町を誘ったといわれる。

23

月を見るとなにか悲しく物思う私一人の秋ではないが

大江千里《おおえのちさと》

月見れば千々《ちぢ》に物こそ悲しけれ
わが身《み》ひとつの秋にはあらねど

秋の月を眺めていると、なぜだか無性に切なく、悲しい気持ちになる。誰もがなんとなく感じていたセンチメンタルな気分が率直に表現され、普遍性のある歌になった。感傷と知性のバランスがよい。「千々に」は、様々に、あるいはいろいろ、という意味で、下の句の「ひとつ」と対照的に置かれている。

大江千里

生没年未詳　古今集
中古三十六歌仙の一人。16番行平と17番業平の甥。漢学者としても著名。『源氏物語』に歌も引用されている。

24

このたびは幣も忘れて手向山の神よ紅葉の錦をどうぞ

菅家《かんけ》

このたびは幣《ぬさ》も取りあへず手向山《たむけやま》
紅葉《もみぢ》の錦《にしき》神のまにまに

初句は「この度」と「この旅」との掛詞で、宇多上皇の大和御幸《みゆき》に作者の菅原道真が随伴した折りの歌。「幣」は布を細かく切った旅の無事を祈るもの。それを用意するのを忘れたので紅葉を代わりにするという発想が大胆。「手向山」は、神に「手向」をする山のこと。

菅家

845~903 古今集
漢学者。右大臣の時、藤原時平の中傷により大宰権使に左遷され配所で没した。後に学問の神として信仰された。

25

その名前「逢坂山のさねかづら」ひっそり秘密に逢いたいのです

三条右大臣《さんじょうのうだいじん》

名にし負《お》はば逢坂山《あふさかやま》のさねかづら
人に知られでくるよしもがな

「名にし負はば」は、その名前の通りならば、という意味。「逢坂山」の「逢ふ」、「さねかづら（つる性の植物）」の「寝」、「繰る」と「来る」と、いくつもの掛詞が組み込まれている。技巧的な歌だが、調べがよく、歌に込められた情熱的な心持ちが力強く伝わる、とても官能的な一首である。

三条右大臣

873 〜 932　後撰集
藤原定方。44 番朝忠の父。和歌管絃をよくし、紀貫之・凡河内躬恒らの後継者。

26

小倉山の峰の紅葉よ心あらば行幸《みゆき》の日までそのままでいて

貞信公《ていしんこう》

小倉山峰のもみぢ葉《ば》心あらば
今ひとたびのみゆき待たなむ

小倉山の美しい紅葉を見た宇多上皇が、わが子である醍醐天皇にもそれを見せたいと願った。そこで貞信公（藤原忠平）がこの歌で、峰の紅葉に、心があるなら醍醐天皇がお越しになるまでどうぞ散らないで、とお願いをしているのである。「みゆき」は、天皇がお出かけになること。

貞信公

880 ～ 949　拾遺集
藤原忠平。藤原時平の弟で関白太政大臣。温厚で人望があり、藤原氏全盛の基を作った。

27

みかの原わけて流れる泉川いつからこんなに恋しいのだろう

中納言兼輔《ちゅうなごんかねすけ》

みかの原わきて流るるいづみ川
いつ見きとてか恋しかるらむ

「わきて」は「湧きて」と「分きて」の掛詞。「湧き」「流るる」「川」は縁語。上の句が「いつ見」を導くための序詞となっている。隅々まで技巧を凝らした歌なのだ。作者は賀茂川堤の邸宅に住み、堤中納言と呼ばれた。「みかの原」は、「三日原」「瓶原」などと書き、京都府の木津川が流れる地域にあたる。

中納言兼輔

877 〜 933　新古今集
藤原兼輔。三十六歌仙の一人。57 番紫式部の曽祖父。25 番定方と共に歌壇の中心的人物。『大和物語』に逸話が残る。

28

山里の冬はひときわ寂しいぞ人は訪ねず草は枯れ果て

源宗于朝臣《みなもとのむねゆきあそん》

山里《やまざと》は冬ぞ寂しさまさりける
人目も草もかれぬと思へば

「かれぬ」は「離《か》れ」と「枯れ」の掛詞。冬の山里の寂しさが、人事と風景の両面から描かれ、孤独感が迫る。作者は光孝天皇の孫にあたるが、源氏姓を賜って臣籍に降下した。侘びしさが胸の底を流れていたのだろう。冬ならではのモノクロの世界が、孤高の日々を美しく際立たせている。

源宗于朝臣

生年未詳〜939 古今集三十六歌仙の一人。父は是忠親王。官位に恵まれず不遇を嘆く歌が多い。

29

直感で折ってみようか初霜の降りてまどわせる白菊を

凡河内躬恒《おおしこうちのみつね》

心あてに折らばや折らむ初霜《はつしも》の
置きまどはせる白菊《しらぎく》の花

白菊の花の上に初霜が降りて、白菊なのか、霜なのか分からなくなってしまった、だから「心あて」（あてずっぽう）に折ってみようというのである。霜と菊の違いに対して、実際にはそこまで迷うことはないと思うが、楽しい韻律と共に味わう遊び心として受け止めたい。

凡河内躬恒

生没年未詳　古今集
三十六歌仙の一人。『古今集』四人の撰者の一人でもあり、官位は低いが歌人として活躍。

30

有明の月のつれない別れから夜明けがずっと悲しいのです

壬生忠岑《みぶのただみね》

有明《ありあけ》のつれなく見えし別れより
暁《あかつき》ばかり憂きものはなし

夜が明けても空に月が残っている。夜と朝の間の時間は、一緒に夜を過ごした人と別れなければいけないときである。つれないなあ（無情だなあ）と月を恨んでしまうのは、相手への未練のあらわれなのである。辛い想いをしたときの風景が胸に残り、同じような風景を見た時にその辛さが蘇る。普遍的な心境である。

壬生忠岑

生没年未詳　古今集
三十六歌仙の一人。41番忠見の父。『古今集』四人の撰者の一人。家集に『忠岑集』。

31

朝がきて有明の月いえこれは吉野の里にふりつもる雪

坂上是則《さかのうえのこれのり》

朝ぼらけ有明の月と見るまでに
吉野の里に降れる白雪

吉野の里に夜明けに降る白い雪の明るさを、有明の月と見間違えた。有明の月は見立て(比喩)として使われている。想像上の月と現実の夜明けの雪のイメージが融合して、美しい景色が脳内に広がる。奈良県の「吉野」は歌枕として名高く、冬の雪や春の桜がさかんに詠まれた。

坂上是則

生没年未詳　古今集
三十六歌仙の一人。征
夷大将軍坂上田村麻呂
の子孫といわれる。蹴
鞠の名手でもあった。

32

谷川に風のしかけたしがらみはここに留まる紅葉なのです

春道列樹《はるみちのつらき》

山川《やまがは》に風のかけたるしがらみは
流れもあへぬ紅葉なりけり

『古今和歌集』では「志賀の山ごえにてよめる」と詞書があり、実際にその景色を見て詠まれた歌として写実的な臨場感がある。「山川」は山の中を流れる川。紅葉が川にたまっている様子を風の作った柵《しがらみ》に見立てた。自然の風景から、暗示的な広がりも感じる。

春道列樹

生年未詳～920　古今集主税頭新名の子。920年に壱岐守になるも赴任を前に夭折。経歴はほぼ不明だが、この一首に名を残した。

33

天の光のどかにそそぐ春の日にそぞろごころに花は散りゆく

紀友則《きのとものり》

ひさかたの光のどけき春の日に
しづ心なく花の散るらむ

「ひさかたの」は「光」に掛かる枕詞。「空」や「日」「雲」などにも掛かり、自《おの》ずとのびやかな空のイメージを連れてくる。春の光があふれるしずかな世界に、はらはらと散っていく桜の花を惜しんでいる。「ひさかた」「光」「春」「花」と、四句目以外はハ行音で始まり、それらを「の」の音が結びつけ、愛唱性のある韻律が生まれている。

紀友則

生没年未詳　古今集
三十六歌仙の一人。35番紀貫之の従兄弟。『古今集』四人の撰者の一人だが完成前に没した。

34

誰が私の友なのだろう高砂の松も昔の友ではなくて

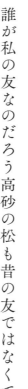

藤原興風《ふじわらのおきかぜ》

誰をかも知る人にせむ高砂《たかさご》の
松も昔の友ならなくに

「知る人」は、友人のこと。長生きをしすぎて、友だちや知人がみんな先に死んでしまった寂しさがテーマになっている。「高砂の松」という長寿の象徴のような素材を歌に取り込み、人間が長く生きることの意味を思索している。老木に語りかける老人という図が、感慨深い。

藤原興風

生没年未詳　古今集
三十六歌仙の一人。琴の名手であったといわれる。「高砂の松」は謡曲「高砂」の題材にも。

35

人の心はわからないけど懐かしいここに変わらぬ梅の香におう

紀貫之《きのつらゆき》

人はいさ心も知らずふるさとは
花ぞ昔の香《か》ににほひける

「ふるさと」は「古いなじみの里」という意味。人の心は変わるけれど、花は毎年不変の香りを放つ。アイロニカルな視点も入っているこの歌の作者は紀貫之。『古今和歌集』の中心的撰者で『土佐日記』の作者でもある。詞書に「梅の花を折りて詠める」という文言があるので、この歌での「花」は、梅なのである。

紀貫之

生年未詳～945　古今集
三十六歌仙の一人。『古今集』四人の撰者の一人で「やまと歌は人の心を種として」で始まる「仮名序」を書いた。

36

夏の夜はもう明けてゆくあの雲のどこにいってしまったの月

清原深養父《きよはらのふかやぶ》

夏の夜はまだ宵《よひ》ながら明けぬるを
雲のいづこに月宿るらむ

「月のおもしろかりける夜、暁がたによめる」という詞書があり、夏特有の短い夜に即興で作った歌のようである。「月宿るらむ」と月を擬人化し、空にともる月の美しさだけでなく、親しみを込めた茶目っ気を加えて新鮮な魅力を引き出している。

清原深養父

生没年未詳　古今集
中古三十六歌仙の一人。
琴の名手といわれ、42番清原元輔の祖父で62番清少納言の曾祖父。

37

白露に風吹く秋の野はまるで真珠の玉が乱れ散るよう

文屋朝康《ふんやのあさやす》

白露《しらつゆ》に風の吹きしく秋の野は
つらぬきとめぬ玉ぞ散りける

草の上の露に風が吹きつけて飛び散る様子を、糸を通していない真珠の玉がばらばらになる様子になぞらえた。自然の風景と装飾品のイメージが寄り添い、美しく、かつ躍動感のある比喩である。同時に、真珠が散る様子から、心の乱れや不吉さも感じられる。

文屋朝康

生没年未詳　後撰集
22番文屋康秀の息子。伝記は未詳。多くの歌会に参加したが残っている歌は『古今集』1首、『後撰集』2首のみ。

38

忘れられても愛を誓った君だものそのお命を案じています

右近《うこん》

忘らるる身をば思はず誓ひてし
人の命の惜しくもあるかな

自分のことをあなたが忘れてしまっても、あなたの命はなによりも惜しい。切ない片思いとも、執念深い未練ともとれる奥深い歌である。一方的な熱い感情は、今もこの世に遍在するリアルな思いでもある。この歌の「身」は、自分自身のことを指し、「人」は恋しい相手のこと。

右近

生没年未詳　拾遺集
藤原季縄の娘。醍醐天皇の后穏子に仕えた。43番の藤原敦忠に送ったものといわれる。

39

浅茅生える小野の篠原しのんでもこらえきれない　あなたが恋しい

参議等《さんぎひとし》

浅茅生《あさぢふ》の小野の篠原《しのはら》しのぶれど
あまりてなどか人の恋しき

「浅茅生の小野の篠原」は「しのぶれど」を導く序詞である。浅茅《あさじ》は丈の低い茅萱《ちがや》。荒涼とした寂しい風景が浮かび、歌の主人公の孤独な恋心と響き合う。「あまりて」は思い余って、という意味。「篠原」は、細かい竹の生えている原の風景のこと。かすかな風にも音を立てる葉と忍びきれない気持ちとを重ねた。

参議等

880～951 後撰集
源等。嵯峨天皇の曾孫。歌人としての経歴は不明で『後撰集』に4首のみだが、百人一首によって名を残した。

40

隠しても顔に出る恋「物思い？」なんて訊かれてしまうのだから

平兼盛《たいらのかねもり》

忍ぶれど色に出《い》でにけりわが恋は
ものや思ふと人の問ふまで

「忍ぶ恋」という題で作られた歌合での歌である。忍ぶ恋をしたときの心境に、恋とは関わりのない第三者の視線を添え、客観的な視点から「わが恋」を描いた構成が巧み。恋をしている最中のどうしても滲みでてしまう気配や、うっとりした人の表情がリアルに浮かぶ。

平兼盛

生年未詳〜990　拾遺集
三十六歌仙の一人。光孝天皇の玄孫。臣下に下り平姓を名乗った。59番赤染衛門の父とも。

41

恋してると噂が出てる人知れずそっと思ったばっかりなのに

壬生忠見《みぶのただみ》

恋すてふわが名はまだき立ちにけり
人知れずこそ思ひそめしか

この歌は、40番の平兼盛の歌との歌合で詠まれた一首。軍配は兼盛に上がり、負けた忠見は、くやしさのあまり食欲がなくなり、身体が弱って亡くなったという伝説がある。フィクションである可能性が高い逸話だが、歌合がそれほど真剣勝負であったことを伺わせる。勝負には負けたが、奥ゆかしくて滋味深い歌である。

壬生忠見

生没年未詳　拾遺集
三十六歌仙の一人。30番の壬生忠岑の子。下級官人で貧しかったが、歌人として知られた。

42

約束をしたよね涙流しつつ末の松山波越すまいと

清原元輔《きよはらのもとすけ》

契《ちぎ》りきなかたみに袖をしぼりつつ
末の松山波越さじとは

この歌には「君をおきてあだし心をわが持たば末の松山波も越えなむ」という『古今和歌集』の本歌がある。「末の松山を波が越える」はありえないことの喩え。誓ったはずの愛が破綻したことを嘆いているのだ。人の心の危うさやはかなさをテーマにした、痛切な一首である。

清原元輔

908 〜 990　後拾遺集
三十六歌仙の一人。36番清原深養父の孫で62番清少納言の父。『後撰集』の撰者、梨壺の五人の一人。

43

共寝した後は苦しいこれまでの私の想いはなんだったのか

権中納言敦忠《ごんちゅうなごんあつただ》

逢《あ》ひ見ての後《のち》の心にくらぶれば
昔はものを思はざりけり

「逢ひ見て」は、逢うだけでなく男女の仲になることを示唆している。あれほど恋焦がれていた恋も成就すると、新たな心惑いが生じ、妄想だったころの恋心がかわいいものに思えてきた。恋の心理を繊細に言語化し、普遍性を得た。この歌での「ものを思ふ」は、恋することを指す。

権中納言敦忠

906 ～ 943　拾遺集
藤原敦忠。三十六歌仙の一人。曽祖父は 17 番業平で左大臣藤原時平の息子。琵琶の名手で美男だったが早逝した。

44

恋人にならなかったらこんなにも好きなあなたを恨まなかった

中納言朝忠《ちゅうなごんあさただ》

逢《あ》ふことのたえてしなくはなかなかに
人をも身をも恨みざらまし

男女の仲になった人とは、毎日のように会いたくなるだろう。しかし、その望みがなかなかかなわず、もんもんとしている。そんな関係になったことを恨むほどに。在原業平の「世の中にたえて桜のなかりせば春の心はのどけからまし」（世の中に桜がなかったら春はもっとのどかだっただろう）という歌と構成が似ている。

中納言朝忠

910 ～ 966　拾遺集
藤原朝忠。三十六歌仙の一人。25 番定方の息子で笙の名手。38 番右近や多くの女性と恋仲になった。

45

かわいそうにと言ってはくれないのでしょうね私むなしく死んでしまうよ

謙徳公《けんとくこう》

あはれとも言ふべき人は思ほえで
身のいたづらになりぬべきかな

交際していた女性につれなくされて自分の「死」までちらつかせて同情を引こうとしている。本当に死ぬつもりはないのだろう。作者の藤原伊尹《これまさ》は、摂政太政大臣にもなった権力者で、容姿、学才にも恵まれ、華やかな生活を送っていた。プレイボーイの殺し文句のような歌なのである。

謙徳公

924 〜 972　拾遺集
26 番忠平の孫。50 番義孝の父。美形で和歌の才もあり、梨壺の五人の責任者だった。

46

由良の門《と》を進む舟人かいもなくどこへゆくのかわからない恋

曾禰好忠《そねのよしただ》

由良の門《と》を渡る舟人《ふなびと》かぢを絶え
行方《ゆくへ》も知らぬ恋の道かな

「由良の門」は、和歌山県の由良海峡説もあるが、京都府の日本海側にある由良川の河口だろうと言われている。行方の分からない恋を描くために選ばれたうら寂しい海を、かぢ（櫂）を失った舟人が舟を漕いでいく、その心もとなさが「行方も知らぬ」を引き出している。

曾禰好忠

生没年未詳　新古今集
中古三十六歌仙の一人。
奇行も多く不遇だったと言われるが、歌は高く評価されている。

47

雑草の生い茂る家さびしくて誰も訪ねず秋のみが来る

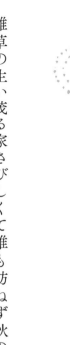

恵慶法師《えぎょうほうし》

八重葎《やへむぐら》茂れる宿のさびしきに
人こそ見えね秋は来《き》にけり

この歌に詠まれた荒廃した家は、14番の作者の源融の別邸だった河原院である。かつては贅を尽くして建てられたのに、今は八重葎（幾重にも茂る雑草）だらけでボロボロになった。しかし、植物のはびこる廃屋ならではの美もある。そうした風景に新たな魅力を見出して歌に刻んだ。「人こそ見えね」は、「人は見えないが」、つまり人が誰も訪ねてこない、という意味。

恵慶法師

生没年未詳　拾遺集
中古三十六歌仙の一人。
40番平兼盛、42番清原元輔、48番源重之らと交流があった。

48

風激しく岩打つ波に自分だけ砕けるような物思いして

源重之《みなもとのしげゆき》

風をいたみ岩うつ波のおのれのみ
くだけて物を思ふころかな

「風をいたみ」は「風が激しいので」という意味。波が激しく岩を打つ風景に心情を重ねる、というのは、昭和のドラマなどでもよく用いられていたかと思う。「おのれのみ」という所がポイントで、相手は冷静で岩のように動かないのだ。片恋のすさまじさを伝えている。

源重之

生年未詳〜1000年頃
詞花集
三十六歌仙の一人。清和天皇の曾孫。後に鎌倉幕府を開く清和源氏の家筋。

49

夜は燃え昼は消え入る篝火のように私の恋の想いは

大中臣能宣朝臣《おおなかとみのよしのぶあそん》

御垣守衛士《みかきもりゑじ》のたく火の夜は燃え
昼は消えつつものをこそ思へ

御垣守衛士は、宮中の警護をしている兵士のこと。夜警の火に恋心を託している情熱的な一首。「御垣守衛士のたく火の」が「夜は燃え昼は消えつつ」を引きだす序詞。男女の出会いが夜に限られていた時代だからこその感慨なのである。

大中臣能宣朝臣

921 〜 991　詞花集
中臣能宣。三十六歌仙の一人。61 番伊勢大輔の祖父。親子三代の歌人。『後撰集』の撰者で梨壺の五人の一人。

50

死んでもいいと思ってたけど君のために長く生きたい一緒にいたい

藤原義孝《ふじわらのよしたか》

君がため惜しからざりし命さへ
長くもがなと思ひけるかな

命にかえても会いたかった相手との恋が実り、その喜びを素直に表現した瑞々しい一首。歌に込めた願い通り長く生きて幸せな日々が続くように心から応援したくなるが、美貌の貴公子だった作者は疱瘡により二十一歳の若さで命を落とした。その事実を知ると、なおさら歌が切なくなる。

藤原義孝

954 ～ 974　後拾遺集
中古三十六歌仙の一人。
45 番謙徳公の三男、書家としても著名な藤原行成は義孝の長男。

51

言えなくて伊吹《いぶき》のさしも草燃える火のよう君の知らない想い

藤原実方朝臣《ふじわらのさねかたあそん》

かくとだにえやはいぶきのさしも草《ぐさ》
さしも知らじな燃ゆる思ひを

超絶技巧を駆使して恋心を伝えている。序詞、否定、反語、掛詞の応酬で、もはや謎解きの域。「さしも草」はお灸に使うもぐさ（ヨモギ）。恋する女性に初めて手紙を送ったときの歌である。さしも草も添えたのかも。歌に込められた想いはシンプルで、胸に秘かに燃やしているこの想いを分かってほしいというものである。

藤原実方朝臣

生年未詳〜998　後拾遺集
中古三十六歌仙の一人。
26 番貞信公の曾孫。恋多き人物で62番清少納言の恋人だったとされる。

52

夜が明ければまた日が暮れてまた会えるそれでもくやしい朝の光は

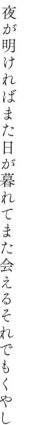

藤原道信朝臣《ふじわらのみちのぶあそん》

明《あ》けぬれば暮《く》るるものとは知りながら
なほ恨めしき朝ぼらけかな

夜を共にしたあと、恋人に書き送った後朝の歌。夜になったらまた絶対会いに来るけど、夜が明けて別れなくてはいけなかったときは朝日が恨めしかったなあ、と述懐している。恋人と四六時中ずっといたいと思う、恋に没頭しているときの気持ちの高ぶりが伝わる若々しい歌。雪の降ったまぶしい朝だった。

藤原道信朝臣

972 ～ 994　後拾遺集
中古三十六歌仙の一人。
太政大臣藤原為光の息子で 45 番謙徳公の孫。
美しい貴公子で 23 歳で夭折した。

53

嘆きながらひとり寝をして夜が明けるまでの時間の長さ知ってる？

右大将道綱母《うだいしょうみちつなのはは》

嘆きつつひとり寝《ぬ》る夜のあくる間《ま》は
いかに久しきものとかは知る

作者の道綱母は『蜻蛉日記』の作者でもある。他に愛人を作った夫が訪ねてきたが、誇り高き妻は、真冬の夜明け前だというのに、門を開けなかった。その翌朝、夫に送ったのがこの歌である。相手につれなくされたときの夜の長さの体感を、大いなる皮肉を込めて詠んでいる。

右大将道綱母

936頃〜995　拾遺集
中古三十六歌仙の一人。藤原兼家の妻の一人となり、道綱を生んだ。本朝三美人の一人と伝えられる。

54

「いつまでも忘れない」は信じない今日で命を終わらせたいの

儀同三司母《ぎどうさんしのはは》

忘れじの行く末まではかたければ
今日をかぎりの命ともがな

作者は藤原道隆と結婚し、伊周、隆家、そして一条天皇の中宮定子らを産んだ。一夫多妻制の通い婚に苦しめられた女性が、いっそ愛の絶頂期に死にたいという、魂の叫びのような率直な気持ちが刻まれている。「忘れじ」は、決して忘れることはない、つまり、愛情は永遠だと男が誓った言葉。

儀同三司母

生没年未詳　新古今集
名は貴子、高内侍と呼ばれた。漢詩文の才があったが、夫の死後、一家は急速に没落した。

55

水音は長く途絶えたままなのにその滝の名は響きやまない

大納言公任《だいなごんきんとう》

滝の音《おと》は絶えて久しくなりぬれど
名こそ流れてなほ聞こえけれ

「滝」「絶え」「流れ」、「聞こえ」「音」がそれぞれ縁語仕立てとなっている。シンプルな内容だが、過去に流れた滝の音と、伝説としてその名前の響きを想像させる心地よい韻律が印象的。藤原道長が人々を伴って嵯峨を散策した折りに作者が詠んだ歌である。

大納言公任

966～1041 千載集
藤原公任。中古三十六歌仙の一人。64番定頼の父。詩歌管絃に秀でた「三船の才」で知られる。『和漢朗詠集』撰者。

56

この世での思い出のためもう一度生きてるうちにあなたに逢いたい

和泉式部《いずみしきぶ》

あらざらむこの世のほかの思ひ出に
いまひとたびの逢ふこともがな

「あらざらむ」は、「自分はもうすぐ死ぬでしょう」といった意味。自分の死期を悟り、愛する人と最後にもう一度会って抱かれたいという切なる願いを詠んだ歌。誰に送ったのかは分かっていない。情熱的な恋の歌を多く残した和泉式部の『和泉式部日記』には、敦道親王との恋愛が記されている。

和泉式部

生没年未詳　後拾遺集
中古三十六歌仙の一人。
為尊親王・敦道親王らとの恋を経て、四天王の一人藤原安昌の妻に。

57

めぐり逢ってすぐに別れた友達は雲に隠れる夜半の月ね

紫式部《むらさきしきぶ》

めぐり逢ひて見しやそれとも分《わ》かぬ間《ま》に
雲隠れにし夜半《よは》の月かな

一見恋愛の歌のようだが、そうではない。詞書に幼なじみと久し振りに会ったが月と競うように帰っていった、と書かれていて、友達を詠んだ歌だと分かる。夜空を照らす月が雲の中にふっと隠れる神秘的な様子を友になぞらえている。作者の紫式部の『源氏物語』に登場する情感豊かな女性たちを彷彿させる。

紫式部

生没年未詳　新古今集
中古三十六歌仙の一人。
漢学者の家に育ち一条
天皇中宮彰子に仕えた。
58 番大弐三位の母。

58

有馬山猪名の笹原風が吹きそうそうあなた忘れませんよ

大弐三位《だいにのさんみ》

有馬山猪名《ゐな》の笹原風吹けば
いでそよ人を忘れやはする

笹がそよぐ音が効果音となって、寂しい気持ちを助長している。「風吹けば」までが「そよ」を導く序詞である。この「そよ」は、笹が風にそよぐオノマトペとしての効果と「それよ」という意味を兼ねる。風の体感から気持の表現へとやわらかくつなげている。作者は紫式部の娘。「有馬山」と「猪名」は兵庫県にある地名。

大弐三位

999～没年不明　後拾遺集
藤原賢子。母の 58 番紫式部と同じく中宮彰子に仕えた。後冷泉天皇の乳母となり、天皇即位後、藤三位とも呼ばれた。

59

ためらわず寝ればよかった待つうちに夜《よ》がふけ沈む月を見ていた

赤染衛門《あかぞめえもん》

やすらはで寝なましものをさ夜《よ》ふけて
かたぶくまでの月を見しかな

この歌は、藤原道隆と恋仲だった姉妹のために赤染衛門が代作した作品。行くといっていたのにすっぽかされた恨み言を詠んでいるのだが、他の恨み歌に比べて、代作のせいなのかおっとりしている印象を受ける。「かたぶくまでの」は、朝になって月が西の山に傾いていくまでの長い時間を示している。

赤染衛門

生没年未詳　後拾遺集
中古三十六歌仙の一人。
藤原道長妻倫子や中宮
彰子に仕え、女流歌人
として和泉式部と並び
称された。

60

大江山も生野の道も遠すぎて文《ふみ》はまだです天橋立《あまのはしだて》

小式部内侍《こしきぶのないし》

大江山いく野《の》の道の遠ければ
まだふみも見ず天の橋立

小式部内侍は和泉式部の娘。歌合の席で、64番の作者の藤原定頼から代筆してくれるお母さんがいなくて心配でしょうとからかわれ、この歌を詠んでやり返した。「生野」と「行く」、手紙の「文」と「踏む」を掛けるなど、機知に富んでいる。ちなみに定頼は作者の恋人の一人。

小式部内侍

生年未詳〜1025 金葉集
橘道貞の娘。母の56番和泉式部と共に中宮彰子に仕え多くの貴公子に愛されたが、二十代で死去した。

61

むかしむかし奈良の都の八重桜今日九重にここで咲いてる

伊勢大輔《いせのたいふ》

いにしへの奈良の都の八重桜
けふ九重《ここのへ》ににほひぬるかな

奈良の八重桜が宮中に献上された折、新参の女房だった伊勢大輔が、それを題材に詠むように命じられて作った歌。「いにしへ」と「けふ」、「八重」と「九重」と対となる言葉を置き、絶妙なバランス感覚がある。ハレの場で詠んだ華やかな一首で、作者の宮中での評判を高めた。

伊勢大輔

生没年未詳　詞花集
中古三十六歌仙の一人。
祖父は49番大中臣能宣。
大中臣輔親の娘で高階成順と結婚、中宮彰子に仕えた。

62

一夜君が鳥の鳴きまねしてきても逢坂の関越えさせません

清少納言《せいしょうなごん》

夜をこめて鳥のそら音《ね》ははかるとも
よに逢坂《あふさか》の関《せき》はゆるさじ

仲のいい藤原行成（50番の作者の藤原義孝の子）と夜更けまで話したのちに贈り合った歌。函谷関《かんこくかん》の故事を踏まえ、互いの教養のもとに才気あふれるやりとりがなされた。「逢坂の関」は、男女の仲になることを暗示している。清少納言の言葉のセンスと頭の回転の速さを物語る一首。

清少納言

生没年未詳　後拾遺集
中古三十六歌仙の一人。
36 番清原深養父の曾孫で 42 番元輔の子。一条天皇中宮定子に仕えた。
『枕草子』著者。

63

今はもうあなたのことはあきらめたと人づてでなく言えたらいいのに

左京大夫道雅《さきょうのだいぶみちまさ》

今はただ思ひ絶えなむとばかりを
人づてならでいふよしもがな

作者の藤原道雅は、父伊周が失脚して家が没落し、荒《すさ》んでいた時期に、三条院の娘の当子《とうし》内親王と恋仲になった。当子内親王は、伊勢斎宮の任を終えて帰京したところだった。二人の関係を知った彼女の父親の三条院が激怒し、二人を引き離した。そこで悲壮な本心を込めた歌なのだ。

左京大夫道雅

993 ～ 1054　後拾遺集
中古三十六歌仙の一人。
関白藤原道隆と 54 番儀同三司母の孫で内大臣伊周の子。素行不良で「荒三位」と呼ばれた。

64

夜が明けて宇治川の霧あわくなりあらわれてくる瀬々の網代木

権中納言定頼《ごんちゅうなごんさだより》

朝ぼらけ宇治の川霧たえだえに
あらはれわたる瀬々《せぜ》の網代木《あじろぎ》

「朝ぼらけ」は、朝がほのぼのと明け始めるころのこと。「網代木」は、冬に氷魚を捕るために川の浅瀬に仕掛ける網代を支える杭のこと。宇治は貴族たちの別荘地として知られる。普段とは違う珍しい風景として早朝の川の美しさに感銘を受け、繊細に描いている。

権中納言定頼

995 ～ 1045　千載集
中古三十六歌仙の一人。
55 番藤原公任の子。女性歌人たちとの交流も多く、書も優れていた。

65

恨み疲れ濡れっぱなしの袖よりも恋にこの名が落ちる悔しさ

相模《さがみ》

恨みわび干《ほ》さぬ袖だにあるものを
恋に朽ちなむ名こそ惜しけれ

歌合のための題詠歌。上の句と下の句で袖と名(評判)を対比させ、ともに「朽ちる」ものとしている。恨みを描いた歌だが、技巧を凝らしたここちよい韻律と、矜持の支える意識が歌に奥行きを与えている。恋愛のいざこざで評判が著しく落ちてしまうことは現代でもよくあることなので、考えさせられる。

相模

生没年未詳　後拾遺集
中古三十六歌仙の一人。
相模守大江公資と結婚し「相模」と呼ばれた。
後に離別して脩子内親王に仕えた。

66

お互いに思い合おうよ山桜ここには誰もいないのだから

前大僧正行尊《さきのだいそうじょうぎょうそん》

もろともにあはれと思へ山桜
花よりほかに知る人もなし

吉野の大峰山での修行中に思いがけず見かけた山桜を詠んだ。山桜を擬人化して特別な親近感を抱き、しみじみとした気分になったことが伝わる。そんな心持ちになるほどに孤独な環境を極めていたのだろう。深い山の中で、人ならざる物との清らかな魂の交歓が感じられる歌である。

前大僧正行尊

1055～1135　金葉集
68番三条院の曾孫で源基平の子。十代で出家し諸国を回って厳しい山伏修行を行った。後に延暦寺の座主となる。

67

春の夜のはかない夢の腕枕うわさになったらどうしましょうね

周防内侍《すおうのないし》

春の夜の夢ばかりなる手枕《たまくら》に
かひなくたたむ名こそ惜しけれ

春の夜の御所で女房たちの語り合いの最中に、周防内侍と藤原忠家が戯れに送り合った歌の一首である。塚本邦雄に「春の夜の夢ばかりなる枕頭にあっあかねさす召集令状」という本歌取りの作品がある。「春の夜の夢」というフレーズが醸し出す、はかなさと不思議さと官能性はとても魅力的。

周防内侍

生没年不詳　千載集
平棟仲の娘、名は仲子。
後冷泉院の女房として
出仕、後三条、白河、堀
河天皇にも仕えた。

68

不本意なこの辛い世を生きぬけばきっと恋しいこの夜の月

三条院《さんじょうのいん》

心にもあらでうき世に長らへば
恋しかるべき夜半《よは》の月かな

「心にもあらで」は、心ならずも、不本意に、といった意味。作者の三条院は眼病に苦しみ、内裏が炎上するなど苦労が多かった。歌に詠まれているのは、今も辛いが、この先はもっと辛く、今を恋しいとさえ思うだろうという痛切な絶望感。きれいな月を見ることができるという、そのささやかな幸せを噛みしめたのだ。

三条院

976 ～ 1017　後拾遺集
冷泉天皇第二皇子。26年間の皇太子時代を経て、36 歳で即位。在位5 年で譲位。ほどなくして失明した。

69

嵐にて三室の山の紅葉散り竜田の川の錦となった

能因法師《のういんほうし》

嵐吹く三室《みむろ》の山のもみぢ葉《ば》は
竜田の川の錦なりけり

この歌は宮中の歌合で「紅葉」を題として詠まれた晴れの歌である。三室の山は奈良県斑鳩《いかるが》町にあり、紅葉の名所。景色を詠んだ歌だが、題詠で作られた歌として、色あいや動きが躍動的である。「錦」は、金銀糸などの五色の糸で模様を織り出した豪華な厚地の織物。

能因法師

988 ～ 1050 頃 後拾遺集
中古三十六歌仙の一人。
俗名は橘永愷。数寄者
として逸話が多い。歌
枕の解説書『能因歌枕』
や『能因集』がある。

70

さびしくてふらりと外へ出てみたらどこもおんなじ秋の夕暮れ

良暹法師《りょうぜんほうし》

さびしさに宿《やど》を立ち出《い》でてながむれば
いづくも同じ秋の夕暮れ

「宿」は自分が住んでいる家のこと。なんだか寂しくて家から出てみたが、結局どこに行っても寂しい秋の夕暮れの風景が広がっていた。誰もが同じような寂しさを抱えているのだという感慨を得た。寂寥感と共に、一人でいるからこそ得られる静けさやおだやかさも感じられる。

良暹法師

生没年未詳　後拾遺集
比叡山の僧。私撰集『良暹打聞』は現存しないが、歌人として尊敬されていた逸話が『袋草子』に残る。

71

夕方に門田の稲穂音立てて蘆の小屋にも秋風が吹く

大納言経信《だいなごんつねのぶ》

夕されば門田《かどた》の稲葉おとづれて
蘆《あし》のまろやに秋風ぞ吹く

秋が始まる頃の夕風を詠んでいるのだろう。金色の稲葉がそよぐ中の蘆ぶき屋根の小屋の景色。風の体感と稲穂の揺れる音など、五感を駆使して秋を味わっている。当時の貴族はこうした郊外の暮らしも楽しんだ。「門田」は、家のすぐ近くにある田のこと。「蘆のまろや」は、蘆で屋根をふいた粗末な家。

大納言経信

1016 ～ 1097　金葉集
源経信。詩歌管絃に優れた才人で、半世紀前に活躍した藤原公任と同じく「三船の才」と呼ばれた。

72

評判の高師の浜の荒波は近寄らないわ袖が濡れるもの

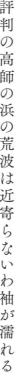

祐子内親王家紀伊《ゆうしないしんのうけのきい》

音に聞く高師《たかし》の浜のあだ波は
かけじや袖のぬれもこそすれ

高師の浜（堺市から高石市にかけて広がる海岸）の風景を描きつつ、「浮気で有名なあなたに関わる気はありませんよ」と男の誘いを断っている。この歌は、藤原俊忠からの贈歌「人知れぬ思ひありその浦風に波のよるこそ言はまほしけれ」への返歌である。恋歌を競う歌合でのこの粋な歌の作者、当時七十歳くらいとのこと。

祐子内親王家紀伊

生没年未詳　金葉集
平経方の娘かといわれる。後朱雀天皇の第一皇女祐子内親王の女房として仕えた。母の小弁も歌人として知られた。

73

高い山の峰の桜が咲きました里山の霞立たずにいてね

前権中納言匡房《さきのごんちゅうなごんまさふさ》

高砂《たかさご》の尾上《をのへ》の桜咲きにけり
外山《とやま》の霞立たずもあらなむ

「高砂」は、歌枕の「高砂」ではなく、高い山という意味。向こう側にある高い山の桜が咲いたので、それを隠さないように人里近くの山の霞に立ってくれるなと願っている。霞を擬人化して呼びかけている点がユニーク。遠近法が効いて奥行きのある一首である。

前権中納言匡房

1041 ～ 1111　後拾遺集
大江匡房。59 番赤染衛門の曾孫。成衡の子。漢学者、漢詩人、歌人としても著名。

74

冷淡な君に祈った初瀬山はげしく吹いてさらにつめたい

源俊頼朝臣《みなもとのとしよりあそん》

憂《う》かりける人をはつせの山おろしよ
はげしかれとは祈らぬものを

「神仏に祈ってもだめだった恋」という題で詠まれた歌で、序詞と掛詞を駆使した技巧的な一首。「はつせ（初瀬）」は奈良県桜井市にあり、初瀬山の中腹に長谷寺がある。荒涼とした山おろしを人の心に重ねたダイナミックな比喩。

源俊頼朝臣

1055 ～ 1129　千載集
71 番大納言経信の子。
院政期の中心的存在で
『金葉集』の撰者。歌論
書に『俊頼髄能』ほか。

75

頼りにしてよ、の言葉よすがに生きてきた今年の秋も過ぎてゆきます

藤原基俊《ふじわらのもととし》

契《ちぎ》りおきしさせもが露を命にて
あはれ今年の秋もいぬめり

一見恋の恨みを綴った歌のようだが、そうではなく、自分の息子の昇進をお願いしていたのに落選していたことを知ってがっかりした気持ちを詠んだ歌である。「させもが露」は、ヨモギの葉の上の露を指す。作歌の動機は世俗的だが、歌そのものは比喩を多様し、流麗な印象を残す。

藤原基俊

1060 ～ 1142　千載集
藤原俊家の子。源俊頼と共に院政期の歌壇の中心人物だったが、政治的には不遇だった。83番俊成は晩年の弟子。

76

海原に漕ぎ出て見ればはるかなる雲かと思う沖の白波

法性寺入道前関白太政大臣《ほっしょうじにゅうどうさきのかんぱくだいじょうだいじん》

わたの原漕ぎ出《い》でて見ればひさかたの
雲居《くもゐ》にまがふ沖つ白波

作者は藤原忠通。75番の藤原基俊に恨まれている相手である。保元の乱で藤原氏の頂点に立った。この歌は、保元の乱の前の崇徳院在位中の歌会で「海上遠望」の題で詠まれたもの。空の雲と白波が一体化する雄大なイメージが清々しい。

法性寺入道前関白太政大臣

1097 ～ 1164　詞花集
藤原忠通。関白太政大臣となり権力を独占した。91 番良経の祖父、95 番慈円の父。

77

滝川の岩に砕けてわかれてもいつかはきっとまた逢いましょう

崇徳院《すとくいん》

瀬をはやみ岩にせかるる滝川《たきがは》の
われても末に逢《あ》はむとぞ思ふ

川の流れにこと寄せて、今は別れてもいつか一緒になろうという、情熱的で一途な恋を思わせる。しかし、出生から流刑地(讃岐)での死まで、悲劇的な作者の人生に鑑みると再起を切望する怨念がこもっているようでもある。讃岐に流されたあとのおどろおどろしい伝説が残されている。

崇徳院

1119 ～ 1164 詞花集
鳥羽天皇の第一皇子だが、実は白河法皇と待賢門院璋子の子といわれている。別名に讃岐院。

78

淡路島へ行き交う千鳥鳴く声に何度目覚める須磨の関守

源兼昌《みなもとのかねまさ》

淡路島《あはちしま》通《かよ》ふ千鳥の鳴く声に
いく夜《よ》寝覚めぬ須磨の関守《せきもり》

この歌は「友千鳥もろ声に鳴くあかつきはひとり寝覚めの床もたのもし」という、千鳥の声に慰められる光源氏の気持ちを詠んだ『源氏物語』の中の歌が本歌。光源氏は、須磨に自ら退去し、侘び住まいをした。慣れない土地で聞く鳥の声が胸に染みる。「関守」は、関所の番人のこと。

源兼昌

生没年未詳　金葉集
源俊輔の子。詳しい経歴は不明。勅撰集に7首入っている。

79

秋風にたなびく雲の切れ目よりこぼれる月の光きよらか

左京大夫顕輔《さきょうのだいぶあきすけ》

秋風にたなびく雲の絶え間《ま》より
もれ出《い》づる月の影のさやけさ

月が雲に隠れると残念に思うことが多いが、この歌では雲の間からもれ出る月の光の美しさに着目した。動きのある風景の繊細なイメージは、秋の澄んだ空気感を思い出させてくれる。作者の藤原顕輔は、和歌の名門六条家の出身で、『百人一首』撰者とされる藤原定家の一族とはライバル関係だった。

左京大夫顕輔

1090 ～ 1155　新古今集
藤原顕季の子。77 番崇徳院の命で『詞花集』を編纂した。84 番清輔の父。勅撰集に 84 首。

80

この恋は長く続くの？黒髪が乱れて今朝はもの思いする

待賢門院堀河《たいけんもんいんほりかわ》

長からむ心も知らず黒髪の
乱れて今朝《けさ》はものをこそ思へ

「長からむ心」とは、恋人の末長く変わらない、自分を思ってくれる気持ちのこと。恋人と一夜を過ごしたあとの朝を詠んでいる。「長からむ心」とは長く続く恋心のこと。この「長からむ」は「黒髪」の縁語。「乱れて」は、心にも黒髪にもかかる。黒髪の乱れやアンニュイな雰囲気が官能的。

待賢門院堀河

生没年未詳　千載集
源顕仲の娘。77 番崇徳院と後白河院の母の待賢門院璋子に仕えた女房。86 番西行法師とも親しかった。

81

ほととぎすの声のする方眺めればただしらじらと有明の月

後徳大寺左大臣《ごとくだいじのさだいじん》

ほととぎす鳴きつる方《かた》を眺むれば
ただ有明の月ぞ残れる

ほととぎすは夏に日本に飛来する鳥で、『万葉集』などに古来から詠まれてきた。ほととぎすの声は聞こえても姿は見えず、淡い有明の月（夜明けに残っている月）の光だけがある。心に強く思う人の幻の面影だけが見えたような、恋の気配が感じられる。

後徳大寺左大臣

1139 ～ 1191　千載集
藤原実定。『千載集』の撰者 83 番俊成の甥で 97 番定家や 87 番寂蓮の従兄弟。和歌、管絃に優れた。

82

悩んでもなおある命たえきれずこぼれ落ちてゆくのは涙

道因法師《どういんほうし》

思ひわびさても命はあるものを
憂《う》きに堪へぬは涙なりけり

「わぶ」という動詞は「～をすることに疲れる」、という意味。片思いが辛くて死にそうだけど死ぬことはない。だが、流れる涙は自分の意志では止めることができずにどんどんこぼれ落ちてゆく。心身をコントロールすることの難しさは今も昔も変わらない。「命」と「涙」が対比的に置かれている。

道因法師

1090～没年未詳　千載集
俗名は藤原敦頼。25番定方の子孫。83番俊成の夢に現れるなど和歌への執心を伝える数々の逸話が残る。

83

世の中に逃道はない分け入った山に悲しく鹿が鳴いてる

皇太后宮大夫俊成《こうたいごうぐうのだいぶとしなり》

世の中よ道こそなけれ思ひ入る
山の奥にも鹿ぞ鳴くなる

藤原定家の父、藤原俊成が二十七歳の頃に詠んだ作品。厭世的な気分になり、世間を離れて山の奥へとやってきたのに、鹿の鳴き声を聞いて侘びしさが募り、こんなところでも悲しみからは逃れられないのかと絶望的な気分になった。「道こそなけれ」の「道」は、分け入った山道であり、心理的な逃げ道を示唆してもいるのだろう。

皇太后宮大夫俊成

1114 ～ 1204　千載集
藤原俊成。81 番実定や 87 番寂蓮の伯父。役人としては不遇だったが、平安後期の歌壇を代表する存在で『千載集』撰者。

84

長く生きればこの今のこと思うのか辛かった日が今は恋しい

藤原清輔朝臣《ふじわらのきよすけあそん》

ながらへばまたこのごろやしのばれむ
憂《う》しと見し世ぞ今は恋しき

「ながらへば」は、もしも生き長らえたならば、という意味。長生きをした先の未来と現在、そして過去の三つの時間が描かれている。それぞれの時間がそれぞれに辛そうだが、時が経てば必ず楽になるのだ、という楽観でもある。苦しい気持ちを抱いたときに思い出したい一首。

藤原清輔朝臣

1104 ～ 1177　新古今集79 番藤原顕輔の子。父とは不仲だったが、和歌の名門六条家を継ぎ、当時の歌壇の第一人者となった。

85

一晩中恋に悩んでいる夜は寝床の隙もひたすら暗い

俊恵法師《しゅんえほうし》

夜《よ》もすがらもの思ふころは明《あ》けやらで
閨《ねや》のひまさへつれなかりけり

作者は僧侶だが、女性になりかわってつめたい男に抱く苦しい思いを詠んだ。思い悩むあまり一晩中眠れず、寝室の隙間さえも気になってしまうという。74番の源俊頼の息子である。また、随筆家の鴨長明は俊恵を歌の師と仰ぎ、歌論書『無名抄』にはその言説が多く書きとめられている。

俊恵法師

1113～没年未詳　千載集
71番大納言経信の孫で74番源俊頼の子。三代にわたり百人一首に選歌される。早くに東大寺の僧となった。

86

悲しめと月が言うのか(そうじゃない)月にかこつけ流れる涙

西行法師《さいぎょうほうし》

嘆《なげ》けとて月やはものを思はする
かこち顔《がほ》なるわが涙かな

「やは」は反語なので、否定の意味になる。月を擬人化し、自己を客観化した。作者は、佐藤義清《さとうのりきよ》という名前の北面の武士だったが、妻子を捨てて二十三歳で出家し、諸国を遍歴、月を愛し、花を愛し、命を思い、様々な心もようを率直に詠み、多くの名歌を残した。

西行法師

1118 ～ 1190　千載集
平安末期から鎌倉初期の歌人。平将門を追討した俵藤太の子孫。家集に『山家集』『西行上人集』ほか。

87

通り雨の露まだ残る真木の葉に霧立ちのぼる秋の夕暮れ

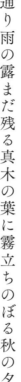

寂蓮法師《じゃくれんほうし》

村雨《むらさめ》の露もまだ干《ひ》ぬまきの葉に
霧立ちのぼる秋の夕暮

「村雨」は、ひとしきり強く降ってすぐに止む雨のこと。「まき（真木）」は、杉や檜など、山林に生える木を称えた言葉。雨の露と立ち上る霧による幻想的な風景が美しい。晩春の山の静けさの中、雨、露、霧と天然の水分が見せてくれるしっとりした風景は圧巻。作者は俗名藤原定長。定家の従兄弟で義兄弟でもある。

寂蓮法師

1139 ～ 1202　新古今集
藤原俊成の弟阿闍梨俊海の子で俊成の養子になった。『新古今集』六人の撰者の一人だが完成前に没した。

88

難波江の葦の刈り根の一節の一夜の恋にこの身つくすか

皇嘉門院別当《こうかもんいんべっとう》

難波江《なにはえ》の蘆《あし》のかりねのひとよゆゑ
みをつくしてや恋《こ》ひわたるべき

「旅の宿に逢ふ恋」という題による想像上の恋の場面。「刈り根」と「仮り寝」、「一節」と「一夜」、「澪標」と「身をつくし」が掛詞。作者は藤原忠通の娘で崇徳天皇の皇后皇嘉門院聖子《せいし》に仕え、のちに共に出家したらしい。「難波江」は、旧淀川河口付近の海の古称。当時は海だった。

皇嘉門院別当

生没年未詳　千載集
平安末期から鎌倉初期の女流歌人。経歴の詳細は不明。勅撰集に9首入っている。

89

死にたいよ、いっそ死にたい生き延びて忍びきれなくなるその前に

式子内親王《しょくしないしんのう》

玉の緒よ絶えなば絶えねながらへば
忍ぶることの弱りもぞする

「玉の緒」は玉を貫く糸のことで、それが絶える（切れる）ということは、死を示唆する。自分に向かって死を命じるその理由は、恋を忍ぶ力が弱まって、恋が人に知られるのが怖いから。題詠「忍ぶ恋」で作られた。リフレインを活用して強い恋愛感情にとらわれているときの気持ちのうねりが描かれ、迫力がある。

式子内親王

1149 ～ 1201　新古今集
後白河天皇第三皇女。第31代賀茂斎院を務め、後に出家した。歌の師は83番俊成。『新古今集』を代表する女流歌人。

90

見せたいわ雄島の海人の濡れ袖より私の袖の血涙の色

殷富門院大輔《いんぷもんいんのたいふ》

見せばやな雄島《をじま》の海人《あま》の袖だにも
濡れにぞ濡れし色は変はらず

松島の雄島は陸奥の歌枕。海人(漁師)の袖がどんなに濡れても色が変わらないのに、自分の袖は悲しみの血の涙で染まっているという。激しい。私を理解してほしいという切なる願いが込められているように思う。極度の悲しみから流れる血涙は、もとは中国の詩文にみられる語だが、日本の歌や物語にも応用された。

殷富門院大輔

生没年未詳　千載集
25番藤原定方の子孫で藤原信成の娘。後白河院皇女亮子内親王(殷富門院)に仕えた。85番俊恵の「歌林苑」で活躍。

91

こおろぎの鳴く霜の夜にひとりきり自分の着物敷いて寝るのか

後京極摂政前太政大臣《ごきょうごくせっしょうさきのだいじょうだいじん》

きりぎりす鳴くや霜夜《しもよ》のさむしろに
衣《ころも》かたしきひとりかも寝む

当時のきりぎりすは現在のこおろぎ。「さむしろ」は「寒し」と「狭筵《さむしろ》」を掛けている。「衣かたしき」は、衣をぬがずに寝ると片方の袖を下に敷くことになることから、独り寝のことをいう。この歌には下敷きにした先行作品が多数ある。作者の藤原良経は先に妻を亡くしていて、寂寥感漂うこの歌には実感がある。

後京極摂政前太政大臣

1169〜1206　新古今集
九条良経ともいう。76番の藤原忠通の孫、摂政九条兼実の次男で95番慈円の甥。『新古今集』仮名序の作者。

92

引き潮にも見えない沖の石みたい人知れずかわく間もない袖は

二条院讃岐《にじょういんのさぬき》

わが袖は潮干《しほひ》に見えぬ沖の石の
人こそ知らねかわく間《ま》もなし

悲観にくれる自分と沖の石とを結びつけた。飛躍のある比喩だが「石に寄する恋」という題での歌なのだ。誰にも見えない石を詠み、機知に富む。そして、恋の悲しみを濡れる袖に託して表現している。作者は源頼政の娘。この歌が注目されたことから「沖の石の讃岐」と呼ばれるようになった。

二条院讃岐《にじょういんのさぬき》

1141頃〜1217頃　千載集
清和源氏・源頼光の子孫。
初め二条天皇、父と兄が
平家に敗れた後、後鳥羽
天皇中宮任子に仕えた。

93

世の中は変わらなければいいのにな漁師の小舟が引かれていくよ

鎌倉右大臣《かまくらのうだいじん》

世の中はつねにもがもな渚漕ぐ
あまの小舟《をぶね》の綱手《つなで》かなしも

「かなし」は「愛しい」という意味。作者は源頼朝と北条政子の子で、鎌倉幕府三代将軍源実朝である。甥の公暁の手にかかり、二十八歳で亡くなった。将軍の息子として政治に従事する一方で、定家に歌を学んだ。不条理な殺され方をした実朝の人生や源氏の末路を思うと、変わらぬ世を素朴に望むこの歌が切ない。

鎌倉右大臣

1192～1219 新勅撰集
家集に『金槐和歌集』
がある。万葉調の歌風
は、後世、正岡子規や
斎藤茂吉らに絶賛され
た。太宰治の小説にも。

94

吉野山秋風吹いて夜も更けてつめたい古都に砧《きぬた》打つ音

参議雅経《さんぎまさつね》

み吉野の山の秋風さ夜更《よふ》けて
ふるさと寒く衣《ころも》うつなり

坂上是則の「み吉野の山の白雪つもるらしふるさと寒くなりまさるなり」を本歌としている。秋風の吹く中、布を柔らかくするために打つ砧の音が寂しく響き渡り、澄んだ空気が感じられる。砧は低くて単調な音だが、静かな寒い夜に物寂しく響く。

参議雅経

1170 〜 1221　新古今集
妻は大江広元の娘で、源頼朝や 93 番実朝と親交があり飛鳥井流蹴鞠の祖といわれる。『新古今集』六人の撰者の一人。

95

おそれ多くもこの世の人を我が袖で覆いたいのだ叡山に立ち

前大僧正慈円《さきのだいそうじょうじえん》

おほけなくうき世《よ》の民《たみ》におほふかな
わがたつ杣《そま》に墨染《すみぞめ》の袖

「わがたつ杣」は、作者のいる比叡山のこと。慈円は、藤原忠通の息子で藤原良経の叔父。十一歳で比叡山に入って修行をし、宗教界のリーダー及び知識人として活躍した。民衆に寄りそうことを高らかに誓っている。「墨染めの袖」の「すみ」は、「住み」と「墨」の掛詞。

前大僧正慈円

1155 〜 1225 千載集
77 番崇徳院の中宮聖子の異母弟。十代で出家、生涯に四度、天台宗座主となった。歴史書『愚管抄』を著した。

96

花の降る嵐の庭の花の雪ふるびゆくのは私のからだ

入道前太政大臣《にゅうどうさきのだいじょうだいじん》

花さそふ嵐の庭の雪ならで
ふりゆくものはわが身なりけり

桜の花が散って庭に雪が降っているようだ、という雅な風景を詠みつつ、自分の老いと結びつけている。作者の藤原公経は太政大臣にまでのぼりつめたが、永遠に権勢をふるうことも、生き続けることもできないと自覚していた。「ふり」は、「花」と「雪」の縁語である「降り」「古り」を掛けている。

入道前太政大臣

1171～1244 新勅撰集
西園寺公経とも。97番定家の義弟。承久の乱で鎌倉方に内通し、乱後、栄華を極めた。

97

君を待つ松帆の浦の夕凪に藻塩のように焼き焦がれつつ

権中納言定家《ごんちゅうなごんていか》

来《こ》ぬ人をまつほの浦の夕なぎに
焼くや藻塩《もしほ》の身もこがれつつ

藤原定家の作品。「待つ」と「松帆の浦」、「こがれつつ」に恋い焦がれること、藻塩が焦がれること、それぞれ二重の意味を持つ。『万葉集』の笠朝臣金村の長歌を本歌とし、そこに出てくる美しい海女の少女になりかわって詠んでいる。恋の情熱を詠みつつ、具体的に描かれた風景も美しい。

権中納言定家

1162～1241 新勅撰集83番俊成の息子。『新古今集』六人の撰者の一人で『新勅撰集』撰者。『小倉百人一首』撰者とされる。

98

風そよぐならの小川の夕暮れは水無月祓《みなづきばらえ》夏のしるしの

従二位家隆《じゅにいいえたか》

風そよぐならの小川の夕暮は
みそぎぞ夏のしるしなりける

「ならの小川」は上賀茂神社を流れる御手洗川のこと。風にそよぐ楢の木の葉を掛けている。ここで行なわれる「禊」は、年中行事として六月末に行われ、上半期の穢れを川の水で清める儀式。夕暮れの風、青葉、川の水、禊、とすべての道具立てが爽やか。

従二位家隆

1158～1237 新勅撰集
藤原家隆。83番俊成の弟子。『新古今集』六人の撰者の一人で、定家と並び称される後鳥羽院歌壇の代表的歌人。

99

人は愛しい恨めしい味気ない世を考えて果てなく思う

後鳥羽院《ごとばいん》

人もをし人もうらめしあぢきなく
世を思ふゆゑに物思ふ身は

「をし」は愛おしい、「うらめし」は恨めしい、という意味で、反対語に当たる。第八十二代天皇として広く世の中を見わたしての憂いである。高倉天皇の第四皇子として生まれ、兄の安徳天皇が壇ノ浦に沈んだ後、四歳で即位した。その後、承久の乱を経て、隠岐に流された。苦味は深い。

後鳥羽院

1180 ～ 1239 続後撰集
和歌をはじめ諸芸に秀でたという。定家らに『新古今集』の撰を命じた。隠岐の島で 60 歳没。

100

宮中の古い軒端に忍草《しのぶぐさ》しのびきれない遠い昔よ

順徳院《じゅんとくいん》

ももしきや古き軒端《のきば》のしのぶにも
なほあまりある昔《むかし》なりけり

「ももしき」は、宮中のこと。「しのぶ」は、「忍草（ワスレナグサ）」と「偲ぶ」との掛詞。宮中に生えた草を見て、王権に勢いがあった時代に思いを馳せている。作者は後鳥羽院の第三皇子。承久の乱後に佐渡へ流され、その地で没した。天智天皇で始まった『百人一首』の最後は、その時代を偲ぶ歌だった。

順徳院

1197～1242　続後撰集
第84代天皇。家集に『順徳院御集』歌論に『八雲御抄』がある。勅撰集に159首入っている。

あとがき

子どもの頃から歌留多として親しんできた百人一首だが、今改めて全首をじっくりとひもとき、現代の言葉で五七五七七の現代短歌として再構築した。といっても、和歌には、枕詞、序詞、掛詞、縁語、係り結び、本歌取りなど、多くの技巧が施され、それらが複雑に絡み合い、表面に出ている言葉以外の意味がみっしりと潜んでいる。これらを同じ音数の現代語に訳すというのは無謀な挑戦であったと思いつつも、なんとか百首を完走することができてほっとしている。

同じだけの意味合いを現代語に込めることは難しいので、基本的にはそれぞれの和歌の表面に出てきている言葉と表情を掬い取り、それらをなるべく大きく覆すことなく現代語に置き換え、今を生きる人の心にもすっと届くように配慮したつもりである。

実は以前、『トリビュート百人一首』（幻戯書房）という本で、26人の歌人と共詠の形で百人一首の口語訳を試みたことがある。このときは「トリビュート（賛辞）」というコンセプトの下、それぞれの歌人の持ち味や現実を重ね合わせ、大胆に発展させた口語訳もあった。しかし今回は、あまり飛躍しすぎない程度に自分の体内リズムに合わせ、多少の意訳も加えつつ、整えた。

百人一首を一気読みすると、そこに確かな時代の流れがあり、人間関係のうねりがあることに気づく。のどかな景色から始まり、恋のかけひきなどで生じた恨み辛み悲しみが蠢く一方、愛を喜び、動植物を愛で、景色の美しさに感嘆する。遠い遠い昔の和歌の中の人の心が、生々しく胸に浮かび上がってくる。交響曲のようにそれらが響き合う醍醐味に、深く感動した。小倉百人一首を編纂したとされる藤原定家の手腕にしみじみと感じ入る。

紀貫之、紫式部、清少納言、西行ら文学史上のスターはもちろん、天智天皇、持統天皇、崇徳院、源実朝、後鳥羽院など、歴史の教科書にも刻まれている人物の作品もある。和歌を通じて、一人一人が生身の悩める人間であったことを痛感したのだった。

＊

「通販生活」掲載時は、カタログハウスの釜池雄高さんに担当していただき、大変お世話になりました。

今回の単行本化にあたり、歌人の入谷いずみさんに改めて全体をチェックしていただきました。奥深い和歌の世界を細やかに伝えていただき感銘を受けました。拙著『短歌の時間』に引き続き企画編集をして下さった清水真穂実さんには、作者情報などを纏めていただきました。東かほりさんによるすてきなデザイン、とてもうれしかったです。

皆様、本当にありがとうございました。

東　直子

著者略歴

東 直子（ひがし なおこ）

歌人・作家・イラストレーター。1996年歌壇賞受賞。2016年『いとの森の家』で第31回坪田譲治文学賞受賞。歌集に『春原さんのリコーダー』『青卵』など。小説に『とりつくしま』『さようなら窓』『階段にパレット』ほか。歌書に『短歌の時間』、エッセイ集に『千年ごはん』『愛のうた』『一緒に生きる』など。穂村弘との共著に『短歌遠足帖』、絵本に『わたしのマントはぼうしつき』（絵・町田尚子）などがある。2022年、自身の一首「転居先不明の判を見つめつつ春原さんの吹くリコーダー」が原作となった映画『春原さんのうた』（監督・杉田協士）が公開。近著に書評&エッセイ集『レモン石鹼泡立てる』

【公式サイト】「直久」https://www.ne.jp/asahi/tanka/naoq/

【Twitter】@ higashin

現代短歌版百人一首《げんだいたんかばんひゃくにんいっしゅ》　花々《はなばな》は色《いろ》あせるのね

2023年7月1日　初版第1刷発行
2023年8月20日　初版第2刷発行

著　者　東　直子
発行者　伊藤良則
発行所　株式会社春陽堂書店

〒104-0061
東京都中央区銀座3丁目10-9 KEC銀座ビル
TEL:03-6264-0855（代表）
https://www.shunyodo.co.jp/
印刷・製本　ラン印刷社

本書へのご感想は、contact@shunyodo.co.jp にお寄せ下さい。

ISBN 978-4-394-98007-0
C0092